우리 시대 현대시조 100인선 60

벙어리뻐꾸기

문 무 학

태학사

우리 시대 현대시조 100인선 60

벙어리뻐꾸기

초판 인쇄 2001년 5월 28일 • 초판 발행 2001년 5월 30일 • 지은이
문무학 • 펴낸이 지현구 • 펴낸곳 태학사 • 주소 서울시 서초구 서초
2동 1357−42 • 전화 (02) 584−1740 (代) • 팩스 (02) 584−1730 • e-mail
thaehak4@chollian.net • http://www.thaehak4.com • 등록 제22−1455호

ISBN   89-7626-666-8 04810 • ISBN   89-7626-507-6   (세트)

ⓒ 문무학, 2001
값 5,000 원

☞ 저자와 협의하에 인지를 생략합니다.
☞ 파본은 구입한 곳이나 본사에서 바꾸어 드립니다.

◀ 제38회 월간문학 신인
상 시상식장에서 流東
이우종 시인을 모시고
(1982)

▼ 대구 대덕산에 있는 이
호우 시비 앞에서 (왼쪽
부터 민병도, 노중석, 필자,
박기섭, 이정환) (1987)

제11회 현대시조 문학상 수상식장에서 김상옥, 장순하, 선정주 선생님을 모시고
(1999)

대구시조시인협회 주최 전국시조공모전 시상식장에서 (1999)

차례

제3부 그 여자

제1부 지평선

지평선

내가설사거기까지혼신으로갔다해도너는또그만큼을

물러서서바라보며팽팽한거리를두고영원하는신기루

길

길은 연신 달려가도 가야 할
길 늘 남아 있다
길이
길을 물고
길로 멀리 이어져
길 따라
길을 가지만
길 끝 이를
길은 없다.

길을 위하여

우리 사는 세상을
말 다 할 수 없지만

가슴으로 향하는 말
몇 마디는 숨겨 둬야 한다

그 말은
그러나
아무도
가르쳐 주지 않는다.

오후의 시

나는 차마 말 못하지
지은 죄 너무 많아
사는 일 그 모두가
죄 근처 있다는 걸
어느 날
문득 깨닫고
돌아보니 아득하네.

들여다 보는 눈은
꽃 피우는 햇살이었지만
내다보는 눈빛엔
얼음칼이 실렸던
지독한
표리의 조화
섬기면서 걸었지.

아득한 길 되돌아서
다 갈 수 없다 해도

돌아가야 하리라
이제는 가야 하리라
가다가
무릎을 꿇고
울기도 해야 하리라.

여백을 위하여

그댈 보면 언제라도 마음 편히 가리라
뒤엉킨 갈등의 숲 잠시 빠져 나와
도도한 그대 방관을 더불어서 즐기리라.

한껏 기지갤 켜고 넉넉히 부드러움 풀어
조금은 오만하게 한 발 뒤져 가면서
아직도 남은 여백엔 삽화 그려 채우리라.

처진 보법으로도 갈 곳까진 다 갈 수 있고
얼마쯤 물러서 보면 찬찬히 읽힐지니
초조한 짐을 부리고 내 방관의 싹 틔우리라.

오늘 듣는 물소리

오늘 내 쓸쓸히
건너온 개울물은
그 바닥에 흥건히
번뇌를 게워 내며
흘러서
그냥 진양조 노래가 되었다.

바다까지 이르를
울렁출렁 꿈이 죽는
그 아픔 속으로도
세월은 걸어가고
떨리는
별빛 한 줄기
물살 위로 튀고 있다.

가을에는

가을에는 늘 가던 길 좀은 멀리 돌아서 가자
지난 계절 스쳐가며 미처 놓친 몇 점 풍경
허허한 하늘 허리께 어렴풋이 걸려 있다.

가을에는 오늘보다 잊힌 날을 생각하자
잎잎이 물들어 간 그리움의 길섶에서
못잊을 이름을 들춰 나즉이도 불러보자.

가을에는 그리운, 그리움을 사랑하자
돋는 싹이 아니라도 타는 빛이 아니라도
가을도 오후쯤에는 그리움 더 붉어진다.

만유인력

동대구로 늘어선 희말라야시다 가지 위에
타원형 열매 달렸다
7층에서 보인다
땅에선 작은 낌새도 느끼지 못했던 것.

높은 데 부는 바람이 늘 수상타 했더니
땅으로 숨기고
하늘로만 눈을 두어
바늘잎
짓눌려 상할 그 무게로 자랐다.

위만 본 저 오만방자, 그러나 애달파라
하늘 가지 못하고
땅으로 져야 한다
눈 한 번 준 적도 없는 땅으로 져야 한다.

바람 부는 날에는

흔들면 흔들리는 그 만큼을 흔들리고
떠밀면 떠미는 그 만큼을 떠밀리며
바람이 부는 날에는 그렇게 서는 거야.

밀리는 그 모두가 흔들리는 그 모든 것이
아픔의 길로만 내닫지는 않을 테지
밀리고 또 흔들리면서 제자리도 잡는 거야.

돋보기

돋보기 안경 샀다
돋보기 안경을 샀다

조선 나이 마흔일곱
뙤약볕 속 입춧날에

돋보기 안경을 샀다
돋보기 안경 샀다.

나 모르는 그 어디에
누군가가 있어서

내 삶을 조종한다
거역 못할 명령을 한다

이제는 먼 눈빛으로
세상 살란 그 뜻이다.

가을나무 앞에서

푸름을 건너오는 가을나무 앞에 서서
내 뭣하며 살아왔나, 질문 하나 던지면
나무는 물든 잎사귀 대답처럼 떨구었다.

잎사귄 그냥 그저 아무렇지 않게 그냥
유려한 곡선 하나 공중에다 긋는데
그 대답 다 헤아릴 수 없어 하늘만 쳐다본다.

제2부 회소곡

암각화(巖刻畵) 앞에서

1

아마도 간절한 염원이 있었나 보다
헤아리지 못하는 역사 밖의 시간에서
내 오늘 시로 태우는 그런 가슴 있었나 보다.
내가 다 읽을 수 없는 겹겹의 원 그리며
속절없이 태웠을 그 가슴의 바램은
그 옛날 누구의 것이 아닌 지금 나의 것이다.

2

암각화에 마음을 부빈다, 불 붙는다
시간은 티가 되어 하늘로 사라져도
염원은 불길 속에서 이글이글 끓는다.
동심원 선을 따라 맴돌다 혼절하면
아득함을 건너오는 털 많은 사람들이
내 어깨 툭툭치면서 일어나라 소리친다.

회소곡(會蘇曲)*

새벽땅 풀어헤쳐 목화씨 뿌린 이랑
자줏빛 줄기 끝에 소망의 다래 달고
울엄마 하얀 마음의 목화꽃이 피었다.

육각 둘레 고치걸면 생을 감는 물레가락
적막한 이 한밤을 물렛돌로 눌러놓고
한 가닥 잣아내는 정 굽굽이에 애가 탄다.

칠월 햇볕 시집살이 바디질로 치던 가슴
눈물담은 북꾸리는 한숨으로 왔다가서
올올이 맺힌 설움이 한 필 베로 풀린다.

베틀가로 뜸들여서 익은 달 뜬 팔월 보름
오려송편 신도주(新稻酒)로 춤추며 나누던 노래
회소곡 그 달빛은 여기 원을 긋고 있었다.

* 회소곡 : 신라 유리왕 9년 이후의 작품으로 추정되는 작자 미상의
          노래. 『삼국사기』 유리왕 9년조에 관련설화가 전함.

우륵(于勒)

돌팍새 뿌리내려 물 먹은 오동낡에
명주실 가닥가닥 찡하게 묻어나는
하늘 밖 어느 천변의 물소리 불러놓고.
저무는 왕조의 허술한 돌담을 돌아
목마른 한 시대를 절뚝이며 가는 길에
묻어 둘 동구의 이름 가얏고에 실어두고
알타공주 사랑의 늪 그 보다 더욱 깊게
선율 위로 번져가던 여름달 풍문 안고
수백리 형벌로 가는 휘적휘적 사랑길
애당초 궁궐이사 그가 살 곳 아니었대도
한 생애 얻은 한이 아무래도 너무 깊어
열 두 줄 남은 가락도 그렇듯이 애틋한가

칙령(勅令) 제519호*

1
그것은 바람
걷잡을 수 없는 회오리
느닷없이 휘몰아쳐 갈기갈기 찢어놓고
몰라라
아무도 몰라라
내동댕이친
목숨
목숨.

2
서러웠단 그 말로는 근처에도 못간다
슬펐단 그 말로도 근접하기 어렵다
캄캄한 그 때 절망은 형용하지 못한다.

3
탐욕만 끓고 있는 칙령의 조문 끝에
죄없이 죄인이 된

조선의 자궁에서는
여태도
피가 흐른다
멈추지를 않는다.

* 칙령 제519호 : 일본의 법령전서에 실린 「여자정신근로령」

남이(南伊), 훈, 나미, 남이

1

순이의 언니였다, 돌이의 친구였다

널 뛰고 썰매 타던 열여덟 그 나이로

방파제 덮친 풍랑에 남이(南伊)는 휩쓸려 갔다.

진동에서 부산으로, 부산에서 캄보디아

"어떻게 오게 됐는지 모른다"고 했지만

반도는 까닭 알고도 눈을 감고 있었다.

2

죽음보다 더 서러운 혼절의 늪 속에서

뜻 모를 그랜드마 훈 그 이름의 반백 년

그 누가 알 수 있으랴 짓밟히는 아픔을

무슨 말이 있어 감히 달래 보랴

상처만 뼈로 굳어 한으로 남는 생애

모국어 따뜻한 음절도 슬픔의 밖인 것을

3

"내 이름은 나미입니다, 혈육과 고향을 찾아주세요."
삐뚤삐뚤 모국어로 써서 내민 염원 하나
차라리 고개 돌려서 훔쳐봐야 할 뿐인걸.

성도 이름도 고향 마을 진동도
아리랑에 섞어 넣어 반백 년을 불렀건만
겨레는 치욕의 역사를 너무 쉽게 잊었고.

4

열여덟에 헤어져 일흔둘에 만난 자매
손 잡고 울고 울고 얼싸안고 또 울고
눈물로 엉키는 핏빛 그리도 붉은 것을……

그 핏빛 모른 채 산 우리 죄 너무 크다
이 지구 어느 한켠에 또 다른 남이 있어
눈물로 살지 않을까, 이 땅을 원망하면서……

피카소의 6 · 25
― 메사끄레 앙 꼬레*에 부쳐

1

알몸과 창칼로 나눠 놓은 구도 위에
싸늘한 침묵, 살의로 섬뜩하고
그 사이 붉은 강물이 낮게 엎드려 흐른다.

물러설 한 치 땅도 절규의 공간도 막혀
치욕을 깨무는 이 뿌리 아프지만
하얗게 걸친 체념이 뼈빛보다 더 빛난다.

2

피보다도 더 진하게 가로 누운 이념은
녹슨 철조망도 돌아보지 아니하고
더 붉게 덧칠만 하여 어둠 속을 파고든다.

* 메사끄레 앙 꼬레 : 피카소가 그린 한반도 대학살

중장을 쓰지 못한 시조, 반도는

내쳐서 삼천리를 다 못 가고 마는 땅

. . . .

가다가 뚝 끊긴 길 끝에 이념만이 선명한.

* 「중장을 쓰지 못한 시조, 반도는」은 허리 잘린 반도처럼 허리 없는
시조다. 통일이 되면 반도의 허리도 내 시조의 허리도 온전해질 것이다.

어떤 이력

－李仁模

1917년 개마고원 화전지대 함남 풍산군 안산면 내중리
에서 화전민 김계순의 유복자로 태어남. 일제강점기인 열
여섯 살 때 독서회 사건에 연루 고초를 겪음. 6·25가 터
지자 인민군 문화부 소속 종군기자로 활동. 종전 후 지리
산에 들어가 빨치산 운동을 하다 경찰에 검거. 52년 7년형
을 선고받고 복역. 59년 1월 27일 만기 출소 후 지하당 조
직자금을 제공한 혐의로 재구속. 89년까지 34년을 감옥에
서 보냄.

냉혹한 이념의 서릿발 속 40년, 그는 이제 갔지만 "일천
만 이산가족들이 이산의 아픔을 겪고 있는데 나만 가족과
재회한다는 점에 미안한 마음이 든다"면서 그는 갔지만,

그래도 슬픔은 남고, 남은 슬픔은 아픔이 되고……

착시도(錯視圖)

1

요새 우리 나라 국회의원 나리들은
관광하려고 바다를 건너지 않는다
국내엔 공부할 게 없어 공부하러 가신단다.

2

요새 우리 나라 교통순경 나리들은
숨바꼭질 좋아하던 어린 시절 못잊어서
숨어서 꼭꼭 숨어서만 근무를 하신단다.

3

요새 우리 나라 서울 선생님들 중에는
제자를 지극히 사랑하시는 분이 있어
대학엔 대리시험으로도 꼭 넣어 주신단다.

4

요새 우리 나라 산부인과 몇몇 의사는
정체 모를 정액으로 전염병도 만드시고

생명은 신성한 것이라 돈으로만 다스린단다.

5

요새 우리 나라 건설업체 몇 군데는
절약의 미덕을 앞장서서 실천하느라
다리랑 아파트들을 꽤나 자주 무너뜨린단다.

6

요새 우리 나라 압구정동 아이들은
못 먹고 부황 들어 오랜지족 됐다는데
한 달에 용돈이 겨우 이삼백만 원밖에 안된단다.

7

요새 우리 나라 몇몇 군데 대학들은
억씩 받아 챙겨 넣고 억지로 공부시킨다
그 대학 졸업을 하면 억수로 잘 살 수 있단다.

꺾임에 대한 시각적 고찰

넥타이를 맸다
코트를 입었다

그렇게
산을 오른다
그림자 끌고 오른다

그날치
조간신문 한 부
접어 쥐고
오
른
다.

꺾임의 빛은 어둠이 아니다
꺾임의 빛은 캄캄함도 아니다
오로지
눈이 시려서 바라볼 수 없는 빛이다.

파자시대(破字時代)

조금씩 흔들림이 시작될 무렵부터 그 때까지 뵈지않던 목숨의 실핏줄이 숨가빠 팔닥거리는 게 빠안히 보였다. 희망 근처 언어들은 깨어져 흩어지고 내 여태 본 적 없는 상형으로 우뚝서서 비켜갈 한 치의 틈도 허락하지 않는다. 비틀대는 걸음으로 어깨 한번 추스르며 아니다, 아니다 고개 저어 보지만 안경알 뚝 떨어지며 쨍그랑 소리만 낸다.

탱자꽃을 보며

오월 첫날 출근 길에 탱자나무 꽃을 본다
그 억센 탱자가시 흰꽃 속에 묻혔다
환하다
꽃 속에 짙푸른
가시 숨어 있지만……

그렇다 음모는 늘 저렇게 숨겨져 있다
짐짓 속뜻 감추고 낮추어 앉았지만
까맣게 익히는 살의(殺意)
삐죽이 드러난다.

꽃과 함께 읽어야 하는 음모는 슬프다
너와 나 숨쉬며 살아가는 이 누리는
울울한
저 탱자나무의
가시일까?
꽃일까?

선(線) 긋기

이를테면 안과 밖을 가르는 선 긋기나
내 것 네 것 나누는 그런 선을 긋는 데는
날이 선 음모의 칼끝 숨어 있기 마련이다.

그 뉘도 사랑을 선 긋기로 하지 않고
아무도 평화를 선 그어 가꾸지 않지만
우린 왜 선을 그으며 그 속에 갇히는가?

선 그어 날 가두고 선을 그어 널 버리면
우린 다시 무엇으로 우리 될 수 있을까
칼끝이 스친 자리는 아물어도 흉터인데.

제3부 그 여자

6월에 핀 코스모스에게

넌 지금 꽃을 피울 그런 때가 아니야
아직은 키나 키우며 그냥 흔들려야지
조급한 세상살이에 너까지 끼어드니.

단 한 번 피고 나면 다신 없을 꽃인데
무엇이 너를 그리 안달나게 하던가
서둘러 꽃잎 떨구고 가을엔 너 어쩔래.

관계

만나서 악수하고 찻집까지 들어가서
꼭 같은 잔에 담긴 꼭 같은 빛의 차를
우리는 함께 마시지만 그 맛 달리 느낀다.

공감이 떠난 찻잔 마주 보는 우리는
공감할 수 없다는 공감만 나눈 채로
오늘도 치레에 젖은 목례를 건넨다.

도회의 밤

겨운 목숨 달래다가 잿빛 받아 돌아오면
지친 포도 위에 누워 우는 오늘의 넋
뉘랑도 채우지 못한 깊은 여백 샘을 판다.

피뢰침에 걸린 달과 불고 간 바람 끝에
밀려난 고향이 앉아 테를 닦는 하늘 속에
빈 주먹 내 몫으로 남은 종이연이 나른다.

어느 날의 채만식(蔡萬植)

석간신문 문화면에
그가 오늘 웃고 있다

'초봉'이
떠
내
려
간
『탁류』의 물소리가

사회면
질퍽한 것을
알지 못한 까닭이다.

원근법·1

닫혀만 있는 것이라면
그건 이미 문 아닌 벽

사랑을 위하여
더러는 미움을 위해서라도

열림은 닫힘 그보다
아름다운 철학이다.

원근법 · 2

단풍나무 이파리는
봄부터 단풍이지만

물 안든다 생각하는
솔잎 그 푸른 혼도

기실은 속살을 태워
지고 또 피고 있다.

달과 늪

—우포에서

고

랐

올

떠

몃

슬

은

달

늪

은

슬

쩍

갈

앉

았

다

떠올라 환희 빛나고 갈앉아 칙칙하다

달라서 서로 달라서 그들 함께 아름답다.

물빛 · 1

퇴근녘 반짝이는 일상의 한 조각이
개나리 찻집 이양의 눈빛 속에 머무르면
애틋한 무늬가 일고 손도 잡아 주고 싶다.

명제

삼계탕집 아줌마는 붉은 투피스로 일을 한다
살아야 하는 사람의 명제를 입고 있다
빛 바랜 꿈의 그림자도 거뭇거뭇 묻어 있다.

그 여자

정말이지 굳이 보고자 한 건 아니었다
신호 기다리다 고개 돌렸는데
그 여자 화장하는 게 눈에 들어왔다.

유리 건너서 훔쳐내는 사내 있다는 걸
눈치채지 못하고 그 여자 바삐 분 바른다
입술엔 손도 안댔는데 신호등은 푸르다.

루즈는 언제 바르나, 다음 신호에서
연동제 비끄러지면 그냥 가야 하는데
그곳에 이르기 전에 끝내기나 하려나.

화의를 신청하다

희망이 부도났다 나와 세상 사이에
풀잎처럼 떨리며 푸르게 섰던 그것
버리곤 살 수 없음에 화의를 신청한다.

내가 쓴 화의 신청 세상은 보지도 않고
제 갈 데로 가면서 가소로워 하지만
그래도 나는 쓰나니 그냥은 견딜 수 없어.

내가 쓰고 내가 읽어 판단하는 화의의 길
뒷통수 긁을 만큼 싱겁고 머쓱하다
결론은 너무 뻔하게 모두 다 버릴 것.

제4부 풀과 나무

봄은 깔깔거리며 온다

아스팔트 위의 봄은 반항으로 달려온다

가시내들 짧은 치마 끝에
깔깔거리며
매달려서

두꺼운
관습의 벽을
톡
톡
톡
깨며 온다.

봄이 당하다

목련의 침입이다
실로
느닷없다

꿈꾸던 계절 속을
황급히 뛰어들어

흰 만장(輓章)
접어 올리며
봄을
범하고 있다.

둥금의 변증법

자연은 그냥 그대로 넉넉히 굽어 있다

문명은 다듬어져 곧게 뻗어 있다

자연은 원을 그렸고

인간은 선만 그었다.

비비추*에 관한 연상

만약에 네가 풀이 아니고 새라면
네 가는 울음소리는 분명 비비추 비비추
그렇게 울고 말거다 비비추 비비추.

그러나 너는 울 수 없어서 울 수가 없어서
꽃대궁 길게 뽑아 연보랏빛 종을 달고
비비추 그 소리로 한번 떨고 싶은 게다 비비추.

그래 네가 비비추 비비추 그렇게 떨면서
눈물나게 연한 보랏빛 그 종을 흔들면
잊었던 얼굴 하나가 눈 비비며 다가선다.

* 비비추 : 백합과 다년생의 산초. 7~8월에 개화하며 산지의 어둡고
  습한 암벽, 너도밤나무 등의 고목 줄기에 착생함.

풀과 나무

풀은 낮게 자라고 나무는 높게 자란다
땅 가까이 하늘 가까이 저마다 잎을 펼치고
이 땅에 곧은 뿌리를 함께 박고 서 있다.

풀은 짧게 나무는 길게 그늘을 거느린다
나무그늘은 언제나 풀그늘을 덮을 수 있지만
풀그늘 그는 잠시도 나무그늘을 덮지 못한다.

그래도 풀은 자란다 때 맞춰 꽃을 피운다
묻힌 그늘 속에서도 까만 씨앗을 익힌다
또 다시 태어나기 위해 떠날 때도 알고 있다.

풀과 나무 사이 혹은 하늘과 땅 사이
때로는 가깝기도 하고 한정없이 멀기도 한
그 사일 가늠하기엔 우린 마냥 모자란다.

풀은 결코 나무가, 나무 또한 풀이 되지 못한다
불어오는 바람에 잎을 함께 흔들지라도

나무는 나뭇잎을 흔들고 풀은 풀잎을 흔든다.

복수초*에게

눈 덮인 언덕배기 노랗게 물들이는
너는 어느 먼 황실의 곤룡포 그 자락
잠 깊은 대지를 깨우는 황홀한 몸짓이다.

겨우내 가슴 끓던
우울이란 고뿔도
네 앞에선 서성이다
뒷걸음 치며 가고
먼 곳에 불던 바람이
네 향기를 흝고 있다.

매운 바람 건너온 잔설 속의 너처럼
그런 태깔로 또 그런 놀라움으로
내 삶이 놓여진다면 그런 내일 있다면.

* 복수초 : 설 무렵 눈 속에서 꽃망울을 터뜨린다. 때문에 설을 기념
하고 무병장수를 준다 하여 덕담과 함께 설날, 이 복수초
분을 주고 받았다고 한다. 햇볕이 있으면 꽃송이를 한껏
벌리고 어두워지면 꽃잎을 닫는다. 꽃잎을 여닫는 것이 눈
에 확연히 보인다.

싸리꽃

흐드러진 저녁하늘 노을로도 다 못타는
마흔줄 당숙모의 수척한 잔주름이
쏟을 듯 머금어 안은 긴 시름의 눈물방울.

할미꽃

고개 한번 들지 않아도
할미꽃은 피어난다

그리움 앓아만 온
미운 세월 그 세월을

꽃 되어 꽃 되어서도
내보이지 않는다.

개불알꽃

짖궂은 작명가의 장난기가 아니라도
너는 정말 상징이다 상징이다 아무래도
그것도 처음 애비가 된 젊은 놈의 상징이다.
방사를 끝낸 수캐의 나자빠진 사타구니
핏줄 붉게 세워 가로 누운 너는 정말
봄밤을 불질러 놓고 돌아서 간 그 사내다.

풀의 말, 꽃의 말

넥타이 풀어 던지고 손목의 시계도 벗고

애기나리 처녀치마 각시둥글레 할미꽃
괭이눈 범의귀 노루발 꿩의다리
땅귀개 하늘제비난 구름꽃다지 달맞이꽃
뻐꾹난 방울새난 큰 두루미꽃들,

바람에 흔들리면서 웃고 있지만
꽃잎 뒤에 풀잎 뒤에
경고의 말 쓰고 있다.

3월은 악동이다

그냥 쉬이 그렇게
떠날 수는 없다는 듯

먼저 핀 산수유꽃 마알간 이마빼기

한 웅큼
눈을 뿌리고
키득대며 뒷걸음친다.

가던 길 되돌아서
한바탕 푸는 심술

차마 죄라고 이를 수도 없는 건

미움도
안아야 하는
세상살이 탓이러니.

노래의 봄

바람
내 어느 날 그대 향한 바람이고 싶어라
울 넘어 물 넘어 뫼라도 불어 넘어
그 가슴 들이받고는 뼈 부러질 그런 바람.

2월
봄인 듯 겨울인 듯 분간 못할 언덕에서
다 못찬 날짜 수를 아지랑이로 흔들며
가슴만 바짝 태우고 고백도 못한 사랑.

나비
창 너머 봄 눈부시다 아프도록 투명하다
속살 환한 마음자락 가로질러 나는 나비
그대가 곁에 없어도 이리 날아 왔을까

어느 봄날

환장할 그 일 말곤 더 할 일이 다신 없다

목련 피어 그렇고 개나리 피어 또 그렇고
진달래는 어쩌며 벚꽃은 또,

봄 하루 들뜬 마음이 날리는 꽃잎이다.

산에 들에 저리 곱게 앉은 대로 앉아 피는
제비꽃 현호색 그 곁으로 다가서면
이날껏 풀리지 않던 아득함도 풀린다.

제5부 밤, 가을은

산사 부근

물소리 푸르게 안은 세진교(洗塵橋)를 건너서면
옥잠화 몇 송이가 선(禪)으로 가는 비알
대숲도 잎을 비비며 먼 생각을 닦고 있다.

오월산을 보며

진달래 붉디붉어 산이 다 타더니만
지금은 아카시아 바람 일어 하얀 꽃결
어머니 푸른 젖내음 한량없이 쏟아진다.

이럴 땐 군맘없이 고향엘 가고 싶다
돌담 무너지고 잡초 욱은 고샅길에
참말로 우두커니 서서 내 유년을 보고 싶다.

제목 없는 시를 쓰듯 막막한 내일의 삶
비록 슬픔이더라도 사랑하며 살리라던
내 욕망 하얀 잎사귀에도 오월 푸른 물이 든다.

물빛 · 8

어렴풋이 어렴풋이
얼마쯤은 숨겨 놓고

산그늘로 산그늘로
다가서는 너는 안개

목소리
들릴 듯 말 듯
속삭이며 속삭이며……

가을 화왕산(火旺山)

화왕산 억새 숲은 한 눈으론 너무 겨워
차라리 눈 감으면 거문고로 우는 가을
먼 석성 허리쯤에서 머뭇대고 있었다.

산도 울다 그만 지쳐 긴 그림자 드리우고
봇짐 하나 풀어 놓은 그 만큼의 생을 안아
이 가을 섭섭한 정이 하늘마저 다 비운다.

아리새

내가 그대 이름을 아리아리 불러 보면
혀 끝에서 아리아리 깃을 터는 그대는
참말로 가슴을 아려 눈물나게 한다야.

그대 사는 그 강가 물비린내 아득하고
젊은 날 풋풋한 꿈 아리아리 물빛 젖어
강기슭 무성한 시름 풀꽃으로 핀다야.

물레새

네가 정말 울고 있나
너는 새가 아니지

한 평생 물레 잣다
산에 가신 우리 할매

하룻밤 남은 물레질
지금 네가 잣는 거지.

어쩌면 그 산허리
잡목 속에 숨었다가

물레처럼 돌던 이승
친정 가듯 건너와서

아직도 남은 사랑을
지금 네가 푸는 거지.

구름을 보다

풀밭에 대(大) 자로 누워 구름을 바라본다

굳이 무엇이
되고자 하지 않아도

구름은
그냥 흘러서
그 무엇이 되고 있다.

새소리 들으면서 바라보는 구름은

한 무리 새가 되어
낮달을 건너가고

어디로
흘러가는지
묻지도 말라 한다.

교회당 저녁

노을에 휩싸인 교회당 첨탑 몇 개
아득히 먼 데 구름을 뚫고 서서
하늘의 말씀을 당겨 이 땅에다 쏟는다.

곧 내릴 어둠은 그래서 어둠 아닐 터
별 하나 또 하나 은하 곁에 나설 때쯤
어머니 목소리 같이 가만가만 종이 운다.

밤, 가을은

둥지에 묻은 사유(思惟) 초롱초롱 눈을 뜨고
해 묵은 가지 끝에 흐르는 별빛들이
이 밤엔 그리움 하나로 차돌처럼 익는다.

윗녘엔 산도 있어 계곡 메운 물소리가
얼마쯤 흘러가다 머무는 언저리에
차라리 내일로 향한 잎 하나를 떨군다.

마음밭 이랑마다 뒤척이는 꿈을 묻고
허전히 가을밤을 가고 있던 생각들이
등심지 돋운 불빛에 하얗게 타고 있다.

벙어리뻐꾸기

그렇다 차라리 기침 같은 네 울음을
고향 지킨 재종숙의 어눌한 훈계처럼
무안한 얼굴빛으로 대꾸없이 듣나니.

길 잘든 목청으로도 토해 내지 못하는
골 깊은 원시림의 싱싱한 그 바람으로
한 천년 세상 거슬러 네가 그리 울어야지.

잃고도 영 모르고 모르며 또 잃어가는
무엇인가 뉘 소중한, 소중한 그 무엇인가
네 거친 울음 속에서 깨어나고 있나니.

갑산(甲山)

해발 462미터, 산 이름 천지갑산(天地甲山)

내 그리 오래 살지야 않았지만 그래도 살 만큼은 산, 이 나이토록 더러 사람 이름이사 건방진 것도 들었고, 시덥잖은 것도 들은 바 있지만, 산 이름이 건방지다고 생각한 적 없었는데, 안동군 길안면에 천지갑산 있다기에 그 이름 참 건방지다며 거길 찾아갔더니 가히 어이 없더라, 높지도 않은 것이 크지도 않은 것이 보물도 없는 것이 어이 천지갑산의 이름 얻었을고, 높이도 덩치도 그만그만하고 유적이래야 신라시대 것으로 추정된다는 돌탑 하나 그것도 온전치 못하고, 그런데 아니더군 올라보니 아니더군, 길안천 내려다보고, 기암절벽 쳐다보고, 늙은 소나무들 만나보니 아니더군,

그 이름 잠시 건방지다 했던 건방, 용서받고 싶었네.

제6부 청보리

사랑이 오는 길은

내 어이 너 하나 너 하나만을 위해
허망에 붙은 자존 털어 내지 못하고
그 깊은 불면의 늪을 헤매이게 했는가.

내 미처 몰랐구나 모르고 살았구나
버리고 또 버리고 다 버려야 피는 꽃
사랑은 그렇게 피는 걸 내 정말 몰랐구나.

설사 슬픔이거나 절망이더라도

겨울날엔 먼 사람
사랑하고 싶어라

살얼음 내리깔린
그 가슴 깊은 곳에

아, 하나 금선(琴線)을 두고
바라보고 싶어라.

설사 슬픔이거나
혹은 절망이더라도

산을 넘어오는
이 아득한 그리움

그 빙벽 껵일 줄 모르는
바람이고 싶어라.

물빛 · 4

뼈속까지
뚜벅뚜벅 걸어오는 발자욱 소리
언제부턴가
그 기다림 하얗게 타는 밤에
사랑은
아픔의 빈방
허전한 뒷자리.

헤어질 길목에선

우리 함께 가다가 헤어질 길목에선
다 못할 말들일랑 아예 그냥 덮어 두고
허하게 그냥 웃자구나 눈물보다 더 진하게.
비 오면 비를 맞고 눈 오면 눈 맞으며
그렇게 가다 보면 아픈 세월 쓰러질 테지
그래도 생각이 나면 그때 한번 울자구나.
잊은 듯 살지만 잊히진 않을 테고
그때쯤은 이별도 풀꽃처럼 고우리라
헤어진 오늘 그리며 그 향내에 젖자구나.

청보리

도라지꽃빛 입술로 봄을 씹던 누부야
앞들 논 서 마지기 보릿골 이랑마다
긴긴 해 허기를 묻고 꿈을 캐고 있었제.

꽃불 타던 산 허리 뻐꾸기 봄을 울면
아지랑이 아물아물 나른한 한나절을
누부야 청보리같이 그래 살고 싶었제.

고향 오월

서릿발 딛고 일어선 오월 푸른 보리야
수십 년 견뎌온 울오매의 허기처럼
바람에 풀결 이루며 너는 다시 일어서느냐.

오월 창공 종다리 울음 싱그럽게 쏟아지고
굴절 없는 햇빛 속에 산빛 들빛 다 푸르건만
논두렁 굽은 길목은 바로 갈 수 없었다.

그 작은 들꽃들이 지천으로 웃고 앉은 땅
파고 묻고 묻고 파낸 질긴 가난 긴 뿌리가
보릿골 푸른 이랑에 눈물로 청청하다.

어떤 낱말

　친구 아버지의 회갑에 가서 절을 넙죽이 했다. 내 손을
잡은 그 분의 굵은 손마디에선 정의 불꽃이 튀고 있었다

　나는 아버지 얼굴을 나이 한 살 적부터 일년에 한 번씩
빛 바랜 사진으로만 보면 커 왔다 그래서 내 목청은 아버
지란 말을 영 익히지 못했다 어릴 적엔 더러더러 우리 집
머슴 살던 배서방을 아버지라 부르자고 하여 눈물깨나 쏟
고 사는 젊은 어머니 가슴을 꽤나 아프게 했던 모양이고
서른 넘기며 장가들 때도 혼주석엔 숙부님이 앉으셨고 마
누라네까지 그 자리에 제 오라버니가 앉았었다.

　이 세상 내 목청에 맞지 않는 그런 낱말이 있었다.

어느 저녁

늦은 저녁상을 받으신 어머니가
수전(手顫)에 밥술 흔들며
머리까지 흔드신다
세상사 서러운 일 많다 해도
이만한 일 또 있을지.

나는 돌을 던질 수 없다

누군가
픽션처럼
어머닐 버렸다 한다
그 기사 행간에서 화살 하나 튀어나와
내 무딘 가슴을 향해 쏜살같이 날아온다

화살이 내게 묻는다 돌 던질 수 있느냐고
한 달에 두어 번 손님처럼 들리는
그까짓 마음씀으로
그 화살 어찌
피하랴

후회

　그랬지, 내가 자장면을 처음 먹어본 건 중학교 2학년 때였어.

　그 해 가을 수학여행 가는데 여행비 내지 못해 나는 가지 못했지, 어디로 갔는지 내 안 갔으니 모를 일이고 집의 가을걷이 돕고 있었지, 그때 부산에서 무슨 사업인가를 하시던 종조부께서 오셔서 "왜 학교에 안 가느냐"고 물으셨는데, 나는 아무렇지 않게 "수학여행 가서 공부 안 한다"고 대답했는데 (돈 없어 수학여행 못가는 것쯤은 정말 아무렇지 않았음) 할아버지는 그렇잖아도 가슴 아플 어머니 보고 "아무리 돈이 없어도 그렇지, 애 수학여행을 보내지 않으면 되느냐"고 나무라시고, (어머니는 그때 부엌에서 눈물 훔치셨음) 그때 대구에서 열리는 전국체육대회 구경을 시켜 주신다고 가자고 하시며, 말이 십리지 한 시간도 훨씬 더 걸리는 길을 걸어와 고령주차장 옆 실비식당에 데리고 들어가서 자장면을 시켜주시곤, 어떻게 먹는 건지 알 수가 없어 얼굴 벌개져 있으니 눈치채시고 자장을 국수에 잘 비벼 주셔서 먹는데 (얼마나 맛있던지 정신이 하

나도 없었음) 보고 계시다가 "한 그릇 더 시켜 줄까"하셨
는데 마음 속으로는 그랬으면 얼마나 좋을까 생각했지만
말은 못하고 고개 젓고 말았다.

아, 그 때 나는 왜 고개를 끄덕이거나 "예"라고 대답하
지 않았을까. 지금껏 가슴을 치고 있나니……

바람도 고향바람은

금산재 올라 서면 꿈틀대는 오리방천(五里防川)
금천 건너 아늑한 대가야국 도읍지를
바람만 건듯 불어도 가야금이 울어 온다.

정정골 굽어 뵈는 주산 그 들머리에
열두 줄 가얏고 우륵 선생 현이 떨면
정정정 우는 산천의 풀꽃 하얀 빛을 본다.

왕조의 후예들이 꿈 일구는 교정에는
여태도 마르지 않은 궁궐의 샘 하나가
그날의 하늘 한자락 지그시 물고 있고.

시오 리쯤 주산 능선 듬성듬성 고분 사이
청청하게 일어서는 한 줄기 솔바람도
어쩌면 궐문의 애환 생채기가 아닐는지……

오백 년 사직의 묻혀진 영욕이며
옛성터 바윗돌에 푸른 이끼 키워오는

바람도 고향바람은 끈끈한 핏빛이다.

해설　실험·시대정신과 일상의 삶

실험·시대정신과 일상의 삶

기 태 완

성균관대 강사

1

시인 문무학은 1980년에서 81년에 걸쳐 『시조문학』에 「회소곡」과 「도회의 밤」으로 추천을 받아 등단했다. 이후 1982년 「아지랑이」로 『동시조문학』 신인상을 수상하고, 또 「밤, 가을은」으로 제38회 『월간문학』 신인상을 수상했다. 그리고 1983년에 첫 시조집 『가을 거문고』를 출간한 이후, 『설사 슬픔이거나 절망이더라도』(1989), 『눈물은 일어선다』(1993), 『달과 늪』(1999) 등의 시조집을 냈다. 이밖에도 「오류」 동인회를 결성(1984)하여 동인지를 10집까지 출간하였고, 많은 공동시조집을 통하여 왕성한 창작활동을 보여주었다.

문무학은 또한 「시조, 그 전통의 계승과 시대정신」(1988)으로 평론가로 등단하여 많은 평론을 발표했으며, 『시조비

평사』(1997)를 펴낸 국문학자이기도 하다. 시인·평론가·국문학자로서 문무학은 누구보다도 시조의 현대화에 일조한 공로자라고 할 수 있다. 그의 시세계는 형식에 대한 실험작업·시대정신의 구현·일상의 삶의 시적 구현 등으로 크게 대별해 볼 수 있다. 이를 차례로 간략하게 살펴보려 한다.

문무학의 연보를 보면, 그의 개인사가 무척 다난하고 다채로웠음을 알 수 있다. 시골 중학교 졸업·시장 점원·농업고등학교 졸업·초등교원양성소 수료·초등학교교사·방통대 졸업·대구대학국문학과 석사·영남일보 논설위원·문학박사·불교방송 진행자·경일대 겸임교수·대구시조시인협회회장 등에서, 그의 다채로운 시세계의 배경을 미루어 짐작할 수 있다.

2

시조의 현대화에 있어서 문무학의 공로는 무엇보다도 형식에 대한 왕성한 실험정신에서 찾아볼 수 있지 않을까 한다.

내가설사거기까지혼신으로갔다해도너는또그만큼을

물러서서바라보며팽팽한거리를두고영원하는신기루

―「지평선」 전문

고
랐
올
떠
멋
슬
은
달
늪
은
슬
쩍
갈
앉
았
다

떠올라 환히 빛나고 갈앉아 칙칙하다

달라서 서로 달라서 그들 함께 아름답다
－「달과 늪－우포에서」 전문

지금도 많은 사람들은 시조의 형식을 '3장 45자 내외'라

하여 초장 3·4·3(4)·4, 중장 3·4·3(4)·4, 종장 3·5·
4·3이라고 흔히 생각하고 있다. 그러나 이는 오류이다. 이
미 그간의 연구를 통하여 시조의 형식 율격은 자수율이 아
니라 그 기본단위가 음보(音步)라는 것이 밝혀졌기 때문이
다. 어쨌든 과거의 고정된 시각에서 보면 위 시조들은 형
식적으로 파격이다. 아니 시조라고 인정하기조차 어렵다.

위 현대시조를 이해하기 위해서는 우리의 보다 열린 시
각이 필요하다. 한 장르로서의 시조는 원래 조선조의 사대
부라는 창작담당층에 의하여 주도되었던 것이다. 따라서
그 내용은 사대부들의 세계관을 반영한 것이었으며, 또 그
들의 미의식이 표출된 것이었다.

현대시조를 이해하기 위해서는 먼저 고시조에 대하여
좀더 알아볼 필요가 있다. 조선의 대표적 사대부의 한 사
람으로서 유명한 '도산십이곡(陶山十二曲)'이라는 12편의
시조를 창작하였던 퇴계 이황은 그 발문에서 '도산십이곡'
의 창작 동기를 밝히고 있다. 그것을 간략히 요약하면 다
음과 같다. 첫째로는 당시까지 유행하던 '한림별곡(翰林別
曲)' 같은 고려가곡은 그 내용이 자기 자랑을 늘어놓고,
방탕스럽고, 남녀간의 정을 노골적으로 드러내고 있기 때
문에 온유돈후(溫柔敦厚)하지 못하여 고려가곡이 아닌 시
조형식으로 가곡을 짓는다고 했다. 둘째로는 한시는 외래
의 문자로서 노래할 수 없기 때문에 노래하기 위해서는
우리말의 시조를 짓지 않을 수 없다는 것이다. 셋째로는

시조를 부르면 마음의 더러움이 씻겨지기 때문에 유익하다는 것이다. 이를 보면 당시의 고시조란 그 내용이 온유돈후해야 하며, 가창을 전제로 하여 마음의 정화를 목표로 삼는 시가였다고 할 수 있다. 그러나 이것은 어디까지나 퇴계가 생각했던 고시조의 요건일 뿐, 이것이 곧 현대시조의 요건이 될 수는 없다.

현대시조가 그 형식과 내용에 있어서 고시조와 달라야 함은 당위적 과제이다. 왜냐하면 우선 현대시조의 창작담당층이 유학적 세계관을 지닌 조선의 사대부들이 아닌 다양한 문화 배경을 가진 작가들로 변했기 때문이다. 다시 말하여 현대시조는 고시조와는 달리 사대부라는 특정한 창작층의 세계관을 반영하는 장르가 아니라는 것이다. 또한 현대시조는 고시조처럼 가창을 전제로 창작되지 않는다. 따라서 현대시조는 자유시와 마찬가지로 순수한 문학 장르로서의 역할을 담당하기 위하여 새로운 모습으로 거듭나야 한다. 그러나 많은 현대시조가 이에 부응하지 못하고 구태적 형식에 머물러 있거나, 오로지 자연예찬적 내용으로 일관하고 있는 형편임을 부인하지 못한다.

위 문무학의 시조는 형태적 측면에서 시조 현대화의 어떤 가능성을 보여주는 작품이다. 「지평선」은 실험적 언어 배열을 구사하고 있다. 과감하게 두 행만으로 처리하고, 띄어쓰기마저 무시해 버렸다. 구체시의 표현기법을 시조에 접목한 것이다. 그런데 이러한 실험적 표현은 시의 내용과 잘 조화되고 있다. 지평선이라는 시각적 이미지가 뚜렷하게 부각되고, 나와 지평선과의 팽팽한 긴장감을 생생하게 느끼게 하고 있다. 여기서 말하고 있는 지평선이 구체적으로 무엇을 상징하고 있는지는 알 수 없다. 그것은 어떤 이루지 못할 사랑일 수도 있고, 생의 어떤 목표일 수도 있다. 무엇으로 해석하든 상관없다. 그것은 오로지 독자의 상상력에 달려 있을 뿐이다. 이렇듯 다양하게 해석될 수 있는 시, 언외의 무궁한 뜻을 담고 있는 시가 좋은 것이다.

「달과 늪」 역시 표현기법과 시의 내용이 잘 조화를 이루고 있다. 달과 늪을 상하의 넓은 공간으로 대치시키고, 활자의 방향 또한 역으로 대치시켜 시각적 효과를 극대화하였다. 첫 행을 단순하게 "달은 슬몃 떠올랐고 늪은 슬쩍 갈앉았다"라고 평면적으로 처리했다면, 본 시에서 느낄 수 있는 시각적 이미지의 효과는 사라지고 말 것이다. 그러나 시인은 전략적인 표현기법을 동원하여 우포라는 태고의 본디 모습을 고스란히 간직하고 있는 자연의 신비한 정경을 눈앞에 생생하게 재현해주고 있다. 달과 늪은 자연물이면서 독자의 문화적 배경에 따라 여러 가지로 해석이 가능하다고 보여진다. 달과 늪은 왜 서로 다르기 때문에 함께 아름다운가? 자연만물의 존재에 대한 고유 가치를 말하는 것인가? 아니면 음(陰)과 양(陽)으로 조화되는 우주적 질서를 말하는 것인가? 또는 단순하게 어떤 남녀간의 사랑의 형태를 우회적으로 말하고 있는 것인가? 이 해석 또

한 독자의 몫이리라.

3

　현대시조가 역사와 사회에 대한 비판적 도구가 될 수 있는가? 이 질문은 시조의 현대화에 직접 관련되는 문제이기도 하다. 주지하다시피 고시조의 내용은 자연물을 소재로 개인의 서정을 구현하는 것이 태반이었다. 그리고 역사와 사회에 대한 시의 비판적 기능은 주로 한시가 담당해왔으며, 근대화 이후엔 그것은 자유시의 몫이었다.
　그러나 근래에 몇몇 진취적인 시조작가들은 역사와 사회에 대한 비판 언어로서의 시조의 가능성을 보여주고 있다. 그 그룹의 선두에 문무학 시인이 있다.

1
순이의 언니였다, 돌이의 친구였다
널뛰고 썰매 타던 열여덟 그 나이로
방파제 덮친 풍랑에 남이(南伊)는 휩쓸려 갔다.

진동에서 부산으로, 부산에서 캄보디아
"어떻게 오게 됐는지 모른다"고 했지만
반도는 까닭 알고도 눈을 감고 있었다.

2

죽음보다 더 서러운 혼절의 늪 속에서
뜻 모를 그랜드마 훈 그 이름의 반백 년
그 누가 알 수 있으랴 짓밟히는 아픔을

무슨 말이 있어 감히 달래 보랴
상처만 뼈로 굳어 한으로 남는 생애
모국어 따뜻한 음절도 슬픔의 밖인 것을

3

"내 이름은 나미입니다. 혈육과 고향을 찾아주세요"
삐뚤삐뚤 모국어로 써서 내민 염원 하나
차라리 고개 돌려서 훔쳐봐야 할 뿐인걸.

성도 이름도 고향 마을 진동도
아리랑에 섞어 넣어 반백 년을 불렀건만
겨레는 치욕의 역사를 너무 쉽게 잊었고

4

열여덟에 헤어져 일흔둘에 만난 자매
손 잡고 울고 울고 얼싸안고 또 울고
눈물로 엉키는 핏빛 그리도 붉은 것을……

그 핏빛 모른 채 산 우리 죄 너무 크다

이 지구 어느 한켠에 또 다른 남이 있어

눈물로 살지 않을까, 이 땅을 원망하면서……
ㅡ「남이(南伊), 훈, 나미, 남이」 전문

　이 시조는 일제 때 먼 이국땅 캄보디아로 강제로 끌려가 위안부로서 온갖 수모를 당한 후 끝내 모국으로 돌아오지 못한 채 한많은 생애를 보내야 했던 한 여인의 비극을 형상화한 것이다. 남이(南伊)는 경상도의 남해안 진동 마을 출신이다. 그런데 어느 날 영문도 모른 채 강제로 위안부로 끌려갔다. 겨우 18살의 나이였다. 그리고 전쟁터에서 죽음보다 더한 온갖 수모를 당했다. 종전 후엔 캄보디아에 버려져 훈이란 이름으로 한많은 목숨을 지탱해왔다. 그 사이 그녀는 모국어에 대한 기억마저 잊고 말았다. 오직 남은 기억이라고는 자신의 이름이 남이라는 것 하나뿐. 그만큼 모진 세월을 보낸 탓이리라.

　순이의 언니요 돌이의 친구였던 18살 어린 소녀 남이가 왜 일흔 살 할머니가 되도록 먼 이국 캄보디아에서 모국을 잊은 채 살아야 했던가? 시인은 "반도는 까닭 알고도 눈을 감고 있었다"며, 또 "겨레는 치욕의 역사를 너무 쉽게 잊었고"라고, 지난날의 비극적 역사에 대한 우리 모두의 망각을 질타하고 있다. 사실 인류사에 있어서 가장 부끄러운 인간의 범죄로 기억될 위안부의 문제는 지난날로

끝나버린 사건이 아니다. 앞으로 해결되어야 할 현재 진행
중인 사건인 것이다. 그러므로 이에 대한 우리의 망각은
그 죄가 너무 큰 것이다.

　　1917년 개마고원 화전지대 함남 풍산군 안산면 내중리
에서 화전민 김계순의 유복자로 태어남. 일제강점기인 열
여섯 살 때 독서회 사건에 연루 고초를 겪음. 6·25가 터
지자 인민군 문화부 소속 종군기자로 활동. 종전 후 지리
산에 들어가 빨치산 운동을 하다 경찰에 검거. 52년 7년형
을 선고받고 복역. 59년 1월 27일 만기 출소 후 지하당 조
직자금을 제공한 혐의로 재구속. 89년까지 34년을 감옥에
서 보냄.

　　냉혹한 이념의 서릿발 속 40년, 그는 이제 갔지만 "일천
만 이산가족들이 이산의 아픔을 겪고 있는데 나만 가족과
재회한다는 점에 미안한 마음이 든다"면서 그는 갔지만,

　　그래도 슬픔은 남고, 남은 슬픔은 아픔이 되고……
　　　　　　　　　　　　　　　－「어떤 이력－李仁模」 전문

　　여러 차례의 보도를 통하여 우리 모두가 잘 알고 있는
미전향 장기수였던 이인모 노인의 생애를 통해 조국의 비
극적 분단현실을 상기시키고 있는 작품이다. 첫 행은 이력

112

서의 문체를 그대로 가져와 효과적으로 한 인간의 생애를
한 눈에 보여주고 있다. 전세계적으로 좌우 대립의 냉전체
제는 이미 붕괴되었지만 아직 우리에겐 진행되고 있는 현
실이다. 조국의 분단은 이인모 노인의 개인 문제나 기타
이산가족들만의 문제에만 관련된 비극이 아니다. 우리 민
족 모두가 관심을 기울여 그 해결에 모든 민족적 역량을
모아야 할 당면 명제이다. 시인도 예외가 아니다. "내쳐서
삼천리를 다 못 가고 마는 땅// ……………… // 가
다가 뚝 끊긴 끝에 이념만이 선명한(「중장을 쓰지 못한 시
조, 반도는 전문」)." 이처럼 허리 없는 시조를 쓴 문무학
시인은 말한다. "통일이 되면 반도의 허리도 내 시조의 허
리도 온전해질 것이다"라고.

　위안부 문제와 남북분단 문제에 대한 관심 외에, 문무
학의 시조는 이 시대의 온갖 사회적 부조리에 대해서도
무자비하게 독설을 토하고 있다. 「착시도(錯視圖)」는 그
좋은 예이다.

　　요새 우리 나라 국회의원 나리들은
　　관광하려고 바다를 건너지 않는다
　　국내엔 공부할 게 없어 공부하러 가신단다.

　무자비한 독설이다. 이 같은 어법으로 「착시도」는 함정
단속을 일삼는 교통순경·대리시험으로 제자를 대학에 입

학시키는 교사·돈을 위해 생명을 경시하는 산부인과 의
사·돈벌기에 급급하여 말짱한 건물을 허물고 짓기를 반
복하는 건설업체·하루 이삼백만 원을 용돈으로 쓰는 압
구정동 오렌지족·부정입학의 비리를 저지르는 대학 등을
고발하고 있다.

　이처럼 문무학 시인의 시대의식은 누구보다도 치열하
다. 그의 이러한 시대의식이 시조로 구현됨으로써 현대시
조도 자유시 못지 않게 비판적 언어가 될 수 있다는 가능
성을 보여주고 있다는 데 큰 의의가 있는 것이다.

　4
　문무학 시인의 시조세계는 형식적 실험정신과 치열한
시대의식으로만 설명되지 않는다. 그만큼 다양한 세계를
다루고 있기 때문이다.

　　물소리 푸르게 안은 세진교(洗塵橋)를 건너서면
　　옥잠화 몇 송이가 선(禪)으로 가는 비알
　　대숲도 잎을 비비며 먼 생각을 담고 있다.
　　　　　　　　　　　　　　　　　-「산사 부근」 전문

　어느 절 입구의 서경을 통하여 섬세한 서정의 세계를
표출한 시조이다. 마치 시불(詩佛)이라 불리었던 왕유(王
維)의 시처럼 탈속적이다. 문무학 시인의 시조에는 이러한

경계의 내용이 풍부하다. 그러나 문무학 시인의 본령은 아무래도 사람의 삶의 체취가 물씬 풍기는 세계가 아닌가 싶다.

삼계탕집 아줌마는 붉은 투피스로 일을 한다
살아야 하는 사람의 명제를 입고 있다
빛 바랜 꿈의 그림자도 거뭇거뭇 묻어 있다.
―「명제」 전문

퇴근녘 반짝이는 일상의 한 조각이
개나리 찻집 이양의 눈빛 속에 머무르면
애틋한 무늬가 일고 손도 잡아 주고 싶다.
―「물빛·1」 전문

　붉은 투피스를 입고 일을 하는 삼계탕집 아줌마나 개나리 찻집 이양은 서민들의 일상에서 흔히 마주치는 대상이다. 너무 평범하기에 이들은 시적 대상이 될 것 같지 않다. 그러나 시인은 오히려 이 평범한 대상들을 시조의 소재로 삼고 있다. 일상적 삶의 주변에 대한 따뜻한 시선이 아니라면 가능하지 않을 것이다.
　삼계탕집과 아줌마의 붉은 투피스는 왠지 부조화적이다. 시인은 거기에서 빛바랜 꿈의 그림자가 거뭇거뭇 묻어 있음을 본다. 그런데 이런 암울한 진술에서 오히려 가식

없는 건강한 삶의 체취가 물씬 느껴지는 것은 어떤 조화
일까? 그리고 개나리 찻집 이양의 눈빛 속에서 시인이 보
았던 애틋한 무늬는 무엇이었을까? 무엇을 보았기에 손을
잡아주고 싶었던 것일까? 아마 그것은 물빛처럼 순수한
인간의 마음이 아니었을까?

> 늦은 저녁상을 받으신 어머니가
> 수전(手顫)에 밥술 흔들며
> 머리까지 흔드신다
> 세상사 서러운 일 많다 해도
> 이만한 일 또 있을지.
>
> —「어느 저녁」 전문

어느 날 저녁에 시인은 어머니와 밥상을 마주했다. 그
리고 수전증으로 밥숟갈을 흔들며 머리까지 흔들어대는
어머니의 모습을 목격했다. 이때 절로 미어지는 가슴속을
어떻게 설명할 수 있겠는가? 과연 이보다도 더 서러운 일
이 있겠는가?

「어느 저녁」에는 어떤 수사적 기교도 동원되지 않았다.
그러나 어떤 절제된 호흡이 절로 느껴진다. 이렇게 일상적
삶의 소재를 택하여, 요란한 기교의 동원 없이, 자연스런
호흡으로 깊은 감동의 세계를 구현해내는 것이 문무학 시
의 본령이 아닌가 싶다.

문무학 연보

1949년 4월 4일 경북 고령 낫질에서 부 문판석(文判石)과 모 김
명순(金命順)의 2남 1녀 중 막내로 태어남. 4월 14일 아
버지 돌아가심.

1964년 서당에서 한문 수학, 대구서문시장 점원을 함.

1968년 고령농업고등학교를 졸업함.
부산 화신타월공업사에서 일함.

1969년 대구교육대학 부설 초등교원양성소 수료. 고령군 직동초
등학교로 첫발령, 이후 고령초등학교 등에서 근무.

1972년 육군 입대.

1975년 군 제대, 경북 고령 영동초등학교에 복직, 78년 6월 대구
시로 전근함

1978년 6월~1991년 4월 대구신암, 성남, 수창, 고산초등학교 교
사.

1979년 한국방송대학교 초등교육학과(초급과정) 졸업. 이옥순(李
玉順)과 결혼함.

1980년 『시조문학』지에 「회소곡」으로 1회 추천 받음.

1981년 한국방송대학교 행정학과(전문과정) 졸업. 『시조문학』지
「도회의 밤」으로 추천완료.

1982년   제2회 『동시조문학』 신인상 수상(「아지랑이」). 제38회
『월간문학』 신인작품상 시조 당선(「밤, 가을은」). 한국방

송대학 대구경북지역 동창회장 및 초대 학생회장을 지
냄. 김몽선 등과 5인 동시집『새순은 자라 푸른 잎이 되
고』를 냄.
1983년 첫 시조집『가을 거문고』(대일출판사)를 냄. 10월 한국방
송대 학생회장 해외연수단으로 일본, 태국, 대만, 홍콩
여행.
1984년 <오류> 동인을 결성하고, 동인지『바람도 아득한 밤도』
를 냄.
1985년 한국방송대학교 행정학과(학사과정) 졸업.
1986년 <오류> 동인 2집『풀꽃 하얀 빛』을 냄.
1987년 대구대학교 대학원 국어국문학과 석사과정 졸업. <오
류> 동인 3집『턱없는 애착』을 냄.
1988년 『시조문학』봄호에「시조, 그 전통의 계승과 시대정신」
으로 문학평론 천료. <오류> 동인 4집『먼 길』을 냄.
1988년 이후 현재까지 한국방송대, 대구대, 영남대, 가야대 등에
출강.
1989년 제2시조집『설사 슬픔이거나 절망이더라도』(백상)를 냄.
<오류> 동인 5집『꿈꾸는 정』을 냄. 17인 현대시조집
『쇠도 혼자서 우는 아픔이 있나 보다』가 '백상시선 3'으
로 나옴.
1990년 <오류> 동인 6집『아무도 절망을 위하여 손 내밀지 않
는다』를 냄. 80년대 시인 대표시조선『나 벅차고도 슬픈
꿈 하나 가졌으라』가 '백상시선 10'으로 나옴
1991년 영남일보 논설위원으로 입사(복간 4기 공채), 현재까지 근
무함. 김몽선 등과『장원 글짓기』상·하를 냄. <오류>
동인 7집『갈등의 숲』을 냄.

1992년 교육부 장관 표창(교육 발전 유공). <오류> 동인 8집『잡
새 댓마리』를 냄. 시인 민병도와 함께 이호우 시조전집
『차라리 절망을 배워』를 펴냄.

1993년 제3시조집『눈물은 일어선다』를 냄. <오류> 동인 9집
『삼남의 오한』을 냄. 심재완 외 공편으로『태백의 푸른
줄기』를 냄.『대구예술30년사』집필위원으로 문학편, 개
설, 시조, 평론분야 집필.

1994년 한국방송대학교 대구·경북지역 학생회 지도위원 위촉
받음. 김몽선 등과『새슬글짓기』6권을 동화사에서 냄.
<오류> 동인 10집『산밑에 와서』를 냄.『오류선집』을
냄.

1995년 대구대학교대학원 국어국문학과 박사과정 졸업(문학박
사). 7월부터 1996년 6월까지 <우리말글연구> 회장을
지냄. <21세기 경북발전위원회> 여성정책분과위원으로
위촉됨(현). 광복 50주년 기념『대구문학선집』편집위원
으로 위촉받아,「광복 50년, 대구시조 50년」을 집필함.

1996년 11월 12일~98년 2월 7일 불교대구방송 시사프로 (라디오
945, 시사 매거진) 진행자로 일함. 세계 명언, 명문장 해
설집『큰 삶을 위한 작은 지혜』를 펴냄. 5인 시집『그리
움은 길이 없어라』(도서출판 천우)를 냄. 대구대학교 발
전 자문위원회 위원으로 추대됨(현).

1997년 대일학예총서 ④로『시조비평사』를 냄. 7월 대구시조시
인협회 초대회장을 맡음.

1998년 경일대학교 교양학부 겸임교수 임명 받음. 5인 시집『보
리밥 풋고추』(고려원)를 냄. 불교대구방송 시청자위원 위
촉받음(현). 대구 YWCA '일하는 여성의 집' 운영위원 위

촉받음(현).

1999년   제11회 현대시조문학상 받음. 현대시조문학상 운영위원
        위촉받음(현). 『문학사전』(이상사)을 펴냄. 『무엇을 무엇
        으로 어떻게 짜고 써서 고치는가』(한음)를 냄. 제4시조집
        『달과 늪』을 냄. 제17회 대구문학상을 수상함.
2000년   제1회 유동(流東)문학상을 수상함.
현재   영남일보 논설위원, 대구대학교 겸임교수, 대구시조시인
        협회장.

참고문헌

박영교, 「울림과 반향의 심도」, 『현대시학』, 1983. 3.

박영교, 「문학과 양심의 소리」, 『현대시학』, 1983. 7.

오동춘, 「도교, 기독교, 불교 사상의 시조」, 『시문학』 1983. 8.

서　벌, 「보면서 살피면서 돌이켜 느낌하면서」, 『시조문학』, 1983.
　　　　가을.

류상덕, 「무명실로 직조한 청정한 서정성」, 『가을 거문고』, 대일
　　　　출판사, 1983.

이정환, 「절망을 비추는 한 줄기 빛 ─ 문무학 시조집 『가을거문고』
　　　　를 읽고」, 『시조문학』, 1984. 봄.

박영교, 「언어의 내밀성과 작품의 명암」, 『현대시학』, 1984. 5.

하청호 「서럽도록 아름다운 삶의 흔적」, 『현대시학』, 1984. 11.

정해송, 「읽히는 시」, 『현대시조』, 1985. 가을.

이우걸, 「동호인지와 동인지」, 『시문학』, 1986. 9.

박영교, 「삶의 정신과 시적 공간」, 『현대시학』, 1987. 4.

류상덕, 「시조의 열린 앞날을 위한 소명의식」, 『대구문학』 4,
　　　　1987.

이우걸, 「80년대와 현대시조」, 『현대시조』, 1987. 가을.

정운엽, 「현대시조의 인식 공간」, 『경기시조문학회 사화집』 1,
　　　　1987.

이우걸, 「80년대 시조의 현주소」, 『현대시조』, 1988. 봄.

김몽선, 「닫힌 봄 열리는 봄」, 『현대시학』, 1988. 5.

이우걸, 「삶의 해석」, 『시문학』, 1988. 9.

김몽선, 「낮고 부드러운 그러나 강직한 삶의 미학」, 『설사 슬픔이
         거나 절망이더라도』, 백상, 1989.

이우걸, 「이 달의 화제」, 『현대문학』, 1989. 9.

김 준, 「시조이전의 시로서의 모색」, 『한국시』, 1990. 1.

이상범, 「시적 진실 그리고 관견」, 『시문학』, 1990. 1.

김월한, 「새로운 소재와 표현기법」, 『월간문학』, 1990. 1.

한춘섭, 「근대시조시 동인지 분석」, 『한국시조시논총』, 을지출판
         공사, 1990.

장순하, 「속이 다 시원한 쾌사」, 『현대문학』, 1991. 3.

이재창, 「현대시조의 위기와 그 혁명을 위한 시론」, 『시조문학』,
         1991. 여름.

한춘섭, 「장시조 논의」, 『현대시조』, 1993. 여름.

반경환 「시와 진실의 세계」, 『시조시학』, 1993. 여름.

김재홍 「현대시조와 현실인식 문제」, 『시조시학』, 1993. 여름.

이하석, 「풀과 나무 사이의 길」, 『눈물은 일어선다』, 도서출판 그
         루, 1993.

이도현, 「한국현대시조개관」, 『한국현대시조대표선』, 대교출판사,
         1993.

박영교, 「양적 존재와 질적 생산」, 『월간문학』, 1996. 1.

박영교, 「전체의 언어와 제자리의 언어」, 『월간문학』, 1996. 2.

김양헌, 「어머니의 신화, 탈신화」, 『대구예술』, 1996. 6.

이정환, 「버리기와 회복하기 그리고 나아가기」, 『대구문학』, 1998.
         여름.

오동춘, 「삶의 고독과 통일」, 『한맥문학』, 1998. 11.

박기섭, 「아홉 사람, 그 자줏빛 서정의 잔뼈」, 『대구문학』, 1998.
　　　겨울.
박시교, 「잘 익은 사과 같은 시조」, 『월간문학』, 1999. 3.
김상옥·장순하·선정주, 「제11회 현대시조 문학상 심사평」, 『현
　　　대시조』, 1999. 봄.
이춘호, 「형이상학적 혜안으로 본 인생」, 『대구일보』, 1999. 8. 4.
박신헌, 「불혹 또는 하오의 사상」, 『대구일보』, 1999. 9. 18.
민병도, 「반성적 성찰과 길 밖의 길」, 『대구시조』 제3호, 1999.
김선굉, 「그것은 칠곡의 봄밤 탓이다」, 『시오리』 창간호, 1999.
박기섭, 「순간을 불사르는 존재의 꿈」, 『시사랑』, 1999. 9.
임환모, 「1980년대 시인들의 정신적 살림살이」, 『열린시조』, 1999.
　　　가을.
김재복, 「그 다양한 변주의 미학」, 『열린시조』, 1999. 겨울.
이문형, 「문무학 시인의 작품 감상」, 『현대시조』, 2000. 봄.